푸른사상
시선

41

엄마의 연애

유 희 주 시집

푸른사상
PRUNSASANG

푸른사상 시선 41

엄마의 연애

인쇄 · 2014년 6월 13일 | 발행 · 2014년 6월 18일

지은이 · 유희주
펴낸이 · 한봉숙
펴낸곳 · 푸른사상
주간 · 맹문재 | 편집 · 서주연 | 교정 · 김소영

등록 · 1999년 7월 8일 제2-2876호
주소 · 서울시 중구 충무로 29(초동) 아시아미디어타워 502호
대표전화 · 02) 2268-8706(7) | 팩시밀리 · 02) 2268-8708
이메일 · prun21c@hanmail.net / prunsasang@naver.com
홈페이지 · http://www.prun21c.com

ⓒ 유희주, 2014

ISBN 979-11-308-0229-9 03810
ISBN 978-89-5640-765-4 04810 (세트)

값 8,000원

엄마의 연애

　모든 이민자들의 삶이 그렇듯 난 매사추세츠에서 사는 동안 전사로 살아야 했다. 전사로서의 삶은 내 안의 여자를 깊은 어둠 속에 방치시켜 놓아야만 했다. 어둠에 익숙해진 내 안의 여자는 습관처럼 어둠을 부르고 마셨다. 습한 여자의 머리카락을 잘라 내기로 했다. 첫 번째 시집은 여자의 울음소리를 받아내는 의식이었다. 의식이 다 끝난 후 난 여자와 마주 섰다. "이제 나가라. 내 안에서 어서 빠져 나가라" 여자는 좀처럼 내 안에서 나가지 않았다. 울음소리에 자꾸 시간들이 베어져 나갔다. 여자를 달리는 열차 속에 내버려 두고 혼자 걷기 시작했다. 걷는 동안 쓴 시가 이번에 시집으로 묶인 것이다. 어린 시절로 돌아가 상처를 치유할 수 있는 아름다운 날들을 기억해 내고, 젊은 날로 돌아가 뜨거웠던 우울에 입을 맞추고, 삶이 고요와 한 몸이라는 것을 인정하는 시간을 가졌다. 난 여자의 울음소리 때문에 더 이상 히스테릭하지 않다. 이제 순환을 끝내고 열차가 도착할 텐데…….

　그 여자가 내리면 우린 서로 마주 서서 웃게 되길 바란다.

유희주

제1부

13   나의 대통령

14   엄마의 연애

16   바람난 여자

18   실용성 엄마

19   항아리

20   돌담에 나팔꽃 피고

21   고추꽃

22   다정한 교훈

23   낡은 바지에 대하여

24   나의 줄, 하나님

26   오렌지 마을 정류장

28   섬머 타임

30   삼양동집 우물

32   세 살, 마석에서

34   아버지 밥상

제2부

39   엉겅퀴꽃

40   카렌의 빨간구두

42   그녀의 앞마당 나무

43   시 쓰기

44   꿈, 바람을 밟다

46   사라진다는 것

47   유배된 우울

48   그곳은 여전히 이곳

50   꿈을 꾸다

52   친구에게 쓰는 편지 1

54   친구에게 쓰는 편지 2

56   그해 여름

57   거짓말

58   우울 잠복기

60   유리벽 안과 유리벽 밖의 통로 1

62   유리벽 안과 유리벽 밖의 통로 2

제3부

65 연어 떼

66 오래된 기질

68 더듬이

70 도(道)

71 나리꽃

72 단절, 쓸쓸한 유보

74 콩나물 시루

75 백송(白松)

76 저녁 빛

78 인연

80 연리지

82 가을비

84 위문 편지

85 달맞이꽃

86 초경

제4부

91   닭

92   추억의 사십구재

94   생강나무 분재

96   소나무

97   정자 언니

98   소풍

99   안개

100   고요한 산책

102   까무룩하다

104   그러다가 가끔

106   춤바람

107   밥 할아버지

108   바람에 말리다

110   끝난 걱정

111   해설 상처의 힘으로 날아오르다 – 조해옥

제1부

나의 대통령

어머니는 잡초 뽑는 선수다
꽃밭에 잡초가 나오면 뿌리까지 몽땅 뽑아
말끔하게 단장해 놓으신다
나는 왜 제비꽃 더미를 뽑았냐고 퉁퉁거리다가
꽃밭은 엄마를 주고
마당 한켠에 내 잡초 밭을 마련했다
아무거나 맘대로 피라

새마을 운동을 주도한 세대의 꽃밭과
민주주의 운동을 주도한 세대의 잡초밭이 함께 버젓하다
조국은 아직도 그깟 걸 못해서 시끄럽다

양귀비 옆의 들국화를 못 본 척하신다
꽃만 피면 잡초가 아니라고 말씀하셨으나
활짝 핀 제비꽃 더미를 몽땅 뽑으신 전력이 있으시다
마음 밭을 갈고 있는 중일 거다
누구나 들어서면 꽃이 될 수 있도록
팔십 노모 수행(修行) 중이시다

엄마의 연애

사십에 과부된 엄마는
정말 단 한 번도 바람을 피우지 않았을까
아버지 이후로 한 번도 남자에게 마음을 내어주지 않았을까
엄마에게는 애인이 없어야 당연한 것
그런 잔인한 도덕 누가 만들어 냈을까

슬픈 멜로 드라마를 보다
눈물을 흘리던 엄마의 늦은 겨울 밤
코 골며 자던 고단한 엄마의 젊은 몸
엄마의 캄캄한 몸짓을 사춘기의 나는 불안하게 바라봤다
항아리 속의 고인 물도 문 여는 기척에 출렁이는데
엄마는 내일 아침 나가야 할 행상에
모르는 척 뒤척이고
종일 차가운 바람 몸 안에 가득 채우며
모르는 척 뒤척이고

밤새 눈이 온 날

구멍 난 털신을 신고 방학동으로 화장품 행상 나가시던 엄마

여섯 자식 다 키우시며 삼양동에 집까지 장만하셨다

엄마 몫까지 연애질만 해대는 딸년들을 향해

엄마의 모든 것, 생활력 하나만은

똑부러지게 가르치셨다

– 살아 있어야 연애도 하지

바람난 여자

언니의 남자 이름은 파랑새
바람난 남편을 기다리다 지친 어깨를 감싸 안고
담장 밑에 피어 오르던 민들레 같은 두 아들 바라본다
엄마는 어떻게 모성이라는 통로만으로 달릴 수 있었을까
저보다 어린 남자를 따라 달려 나가고
파랑새 따라 무작정 달려 나가고
긴 세월, 그 남자의 노랫소리를 듣고 살았다

모두가 모두가
세월 속에 경계를 묻어 버릴 수 있을 즈음에서야
호적상 남편으로 모시고 살던 그 여자의 이마에
햇빛이 도란도란 피어났다
아들을 닮은 손주를 안고 성큼성큼 걷는 남자가 있는데
어째서 뱃속 깊은 곳에 옹이가 졌을까
수국을 닮은 웃음 뒤에 꽃그늘 꽃그늘
깊고 서늘한 채로

중환자실에서 일반 병실로 옮기던 날

새로 장가든다며 양복을 꺼내 입은 파랑새

큰 수술도 그 남자가 있어 굳건히 치뤄 낸 행복한 여자

옹이가 판판해진 뒤로 누구든 뛰어 놀 수 있는 널판지 같
은 여자

우리 형제들 중 가장 행복한

바람난 여자

실용성 엄마

단정한 밭의 끄트머리에
하얀 스티로폼 상자 하나 놓아두고
봉숭아를 따로 심으신다

여름내
꽃을 피우지 못하는 봉숭아
드센 줄기에 이파리만 청청 달고
큰 바람에도 말짱하다
손톱에 물을 들이고 싶었던 엄마
비실용적인 꿈을 쑥쑥 뽑아 내신다

댓돌 위의 신발은 밖을 향한 채
가지런하다

항아리

소나기
지나간 뒤
젖은 슬리퍼 끌고
마당에 나갑니다
무심히 빈 장독을 들여다봅니다

둥근 허리에
빗물, 하늘, 새 그림자, 나무, 하루살이 떼
그리고 바람이
담겼습니다

둥싯한 숲이
마당을 지킵니다

돌담에 나팔꽃 피고

가만히 있어도 몸이 움직인다
관절 마디마디 사이로 잘게 조각난 바람이 스미고
눈을 한 번 깜박거렸을 뿐인데, 낮잠을 자던 나는
등줄기 딱딱한 돌담이 된다

한 번쯤은 도망가고 싶었을까
돌 틈에 끼인 흙 속에 나팔꽃을 키우다니
주름 사이에 발을 깊이 묻고 초록빛 손톱이 자라난다
자꾸만 구부러지는 손가락으로 낮달을 만지던 나팔꽃
입술을 다물고 어둑한 저녁을 받아들인다

곧 소나기가 오겠다
털어 내고 싶던 푸른 이끼가 잘 자라도록 몸을 벌려 주는 일
씨앗이 잘 여물도록 종일 모아둔 온기를 나누어 주는 일
그러고 보니 할 일이 아직은 많아
발바닥까지 침잠에 들어간
웃음소리를 끌어올린다

고추꽃

농사가 처음이라
고추 싹을 벌레들에게 다 내어 주었다
밭을 포기하고 여름이 다 가도록 살피지 않았다

가을날에 밭으로 간다
벌레도 없고
햇빛도 없는 밭에서
꽃 두어 개 매달고 있는 고춧대가 선들선들 흔들린다

고추 한 번 제대로 열어 보지 못했어도
존재하는 것만으로 기도가 되는 저 삼삼한 표정
허리를 반쯤 꺾어 제 발을
살피고 있다

다정한 교훈

미국에 처음 와서 중고차를 물려받았다
새 차를 사는 날, 중고차를 두고 나오는데
낯선 곳에 버려진 차에게 마음도 눈도 떠나지 못했다
웬 소리는 그리도 요란한지
웬 고장은 그리도 많았던지
그래도 내 목숨을 기운을 다해 안전하게 실어다 주었다

언제부터인지 내 숨소리에 잠이 깬다
옆에 누워 자는 남편도 숨소리가 요란하다
출근을 준비하는 남편이 끙끙 소리를 내기도 한다
낡은 몸이 되어가는 것이다
차 바꾸듯 몸을 바꿀 수 없으니
처량하게 낯선 곳에 놓이는 일은 없겠다

우리는 잡아 먹을 듯 으르렁거리다가
서로의 숨소리를 듣고서야 이빨을 감추었다
고물 차도 제 기운을 다해 목적지까지 실어다 주었듯
우리 내외도 목숨을 다해
서로를 목적지까지 바래다 주어야 할거다

낡은 바지에 대하여

구의역 근처는 잿빛 먼지가 많았다
지하철이 지상으로 올라와 달리는 지역
지하의 먼지를 모두 데리고 나와 공중에 뿌리고 있다
지하를 달리다 지상을 달리면
어떤 기분일까

역 근처에 점집이 있어 무작정 들어갔다
"미국을 가야겠습니까?"
"미국 가면 못살고 돌아와 그러니 가지 마시게"
점쟁이의 말을 무시하고
양품점에 들려 미국에 가져갈 바지를 샀다
바다를 건너와 외출복에서 작업복이 되는 동안
숱한 상처를 낱낱이 기억하고 있는 바지
씨줄과 날줄이 낡긋낡긋 흐르는 중이다

상처란 무릇 낫기 위해 있는 것
낡은 바지를 버리지 못하고 또 꿰매어 입는다
상처의 딱지가 떨어질 조짐을 보인다
설핏 보이는 분홍빛 살, 아름답다

나의 줄, 하나님

가게에서 나오는 음식 찌꺼기를
돼지 엄마가 매일 와서 가져간다
일곱 마리의 돼지 새끼들이 상한 음식을 먹고 자란다
어미의 뱃속에서부터 발달된 고도의 능력

나를 겨냥한 말 한마디에 한밤을 지새기도 하고
나의 신뢰성을 누군가 의심이라도 하면
회복하려고 애를 쓰기도 하고
가고 싶은 길을 못 가면 엉뚱한 곳에 주저앉아
우는 날도 부지기수이고
내 젊은 날은 어디에나 상한 것이 천지였다
그러다 어느날

상한 것이 내게 들어와도 상관없어진 날이 있다
그날은 별거 없었고
나무 위의 거미가 슈웅 낙하하며 줄을 늘어뜨린 것을 봤을
뿐이다
보이지 않는 줄로

거뜬히 공중을 휘젓는 미물

그 줄, 나도 있다

오렌지 마을 정류장

오래 머물다 가야 하는 정류장입니다
다음 기차가 언제 올 지 몰라 내내 귀를 땅에 대고 있습니다
기찻길 옆에 하얀 꽃나무가 있는 것을 보았습니다
나뭇가지에 조금 더럽혀진 하얀 비닐이 걸터 앉아 부스럭
거립니다
오래 산 영감들의 잔소리처럼 쓸데없는 짓 그만하고
그냥 소주나 한 잔 들이키라는 말처럼 들립니다
귀를 철길에 대 봐도 아무 기척이 없어
이대로 눌러 살아야 할 모양이다라고 생각할 때
기차의 요란한 기적 소리를 들었으나

난 잠이 깨고 말았습니다
아직도 내 귀는 철로 위에 놓인 채로 뜨겁습니다

하얀 비닐이 나뭇가지에서 내려와 철길 위를 구르고 있습
니다
별거 아냐 별거 없어라고 깽깽한 말을 민들레에게 합니다

수많은 민들레와 함께 열차를 기다리는 중입니다

인디언들의 말발굽 소리 스민 이곳

독수리 한 마리가 하늘을 빙빙 돌며

나를 내려다봅니다

섬머 타임

운동장 철봉대 밑에서

개미집에 흙을 솔솔 뿌리면

막힐까 봐 막힐까 봐 개미들이 작은 흙알갱이

물고 씩씩하게 올라옵니다

무심한 짓을 반복하던 넓은 운동장의 구석진 곳

해가 좀 더 기울어야 오후반 언니는 끝납니다

맨손체조를 하고 있는 아이들의 몸짓과 구령 소리가

고요의 무게를 더해 주고

이 풍경이 두 번째나 세 번째쯤 겪은 것 같아서

언제인지 기억해 보려고 애를 썼습니다

담장 너머 문방구에서

트랜지스터 라디오 소리가 약간의 잡음을 내며 들립니다

박정희 대통령은……으로 시작되는

정오의 뉴스를 전하고 있습니다

시곗바늘을 한 시간 거꾸로 돌려놓는 섬머타임

개미들이 물고 나왔던 시간을 끌고 개미집으로 들어가는

중입니다

한 시간만 돌려놓아야 하는데 아무래도 누군가 계속 돌리고 있는 모양입니다

　개미들이 계속 시간을 물고 들어갑니다

　나는 급기야

　운동장 철봉대 밑에서

　박근혜 대통령은……으로 시작되는

　정오의 뉴스를 듣고 있습니다

삼양동집 우물

여섯 살쯤 되었을 때
마당에는 우물이 있었는데요
두레박이 떨어지며 내는 풍덩 소리가 좋아서
줄을 차르륵 풀어 넣곤 했는데요
힘이 없어 물은 다 떨어지고 빈 두레박만 건져 올렸는데요
떨어지는 물소리가 심심한 오후를 흔들어 주었는데요

안방에서는 아버지가 배호의 〈돌아가는 삼각지〉를 듣고
계시구요

우물 속에 뭔가 살고 있다는 느낌이 들었는데요
두레박이 내는 소리 말고 또 다른 소리가 있었는데요
나는 그것이 물고기일지도 모른다는 생각을 했는데요

등 푸른 물고기가 우물에 갇혀
은백색 배를 캄캄한 바닥에 대고
검은 반점이 눈알에 생기도록 바다를 그리워하다가⋯⋯
까지 생각하다가

우물 속에서 죽었을 물고기 때문에 눈물이 났는데요

어느 연속극에서 우물 속에 물고기가 있다면

밖으로 통하는 통로가 있을 거란 대사가 나왔는데요

그 말에

내 안에 고인 어둠이 한 번에 가셨는데요

집 근처에는 개울도 강도 바다도 없는 산꼭대기였는데요

그래도 내 눈엔

환한 바다가 보이는데요

세 살, 마석에서

집으로 가려면

작은 다리 하나를 건너야 했는데요

다리는 겨우 리어카 하나 놓을 만한 넓이를 가졌는데요

연탄 리어카에 매달려 놀다가 다리 밑으로 떨어져 버렸는
데요

온통 입안에 피비린내가 진동을 했는데요

개울물은 붉게붉게 퍼지고 있었구요

엄마가 나를 업고 어디론가 갔는데요

그 뒤로 난 오래도록 대문니 없이 성장을 했는데요

잇몸이 간지럽던 어느날

하얗게 빛나는 대문니 끝이 조금 보였던 어느 날

월남전에 참전했던 큰오빠의 녹음기에서는

〈월남에서 돌아온 김상사〉 김추자가 노래를 하구요

아버지는 이제 이 세상 사람이 아니구요

엄마는 장사 나가시구요

그 많은 형제들은 사춘기와 청춘을 아프게 겪고 있었는
데요

내 이빨은 소리없이 자라나구요

오랜 세월이 캄캄하고 어둡다가
마흔여덟이 돼서야 갑자기 환해졌는데요
환해진 이유를 찾으려고 기억의 처음인 마석으로 마음을
옮겨 봤는데요
그날, 나를 업고 뛰던 엄마의 심장 소리 말이에요
들려요, 나를 업고 뛰며 뜨거운 숨과 함께 뱉어 내던 말
괜찮다
다 괜찮다
덕분으로 나 이제야 괜찮구요

아버지 밥상

햇빛이 너무 맑았는데요
마당에서 똥지가 나온 병아리를 이리저리 몰고 다니다
쪽마루에 앉아 병뚜껑과 벽돌 가루로 소꿉놀이 시작했는
데요
혼자 종알대며 밥을 하던 부엌으로
아버지가 "밥 좀 주세요" 하고 들어왔는데요
나뭇잎으로 고등어 구워 드렸는데요
아버지에게 밥을 지어 드린 게 처음이자 마지막인데요

몇 해를 앓다가 떠나시고
어린 나는 장례식도 따라가지 못했는데요
땀을 뻘뻘 흘리며 고무줄놀이를 할 때
등뼈에서는 알 수 없는 바람이 흘러 나왔는데요
치마를 펄럭이며 뛰어올라
높은 곳의 공기를 베어 마셨는데요

아침에 일어나면 기지개를 시켜 주던 아버지처럼
남편은 내 마당발을 주무르다 일터로 나갈 준비를 하는데요

부랴부랴 부엌으로 내려온 난 창밖을 바라보는데요

나뭇잎 고등어는 올해도 풍어를 맞았구요

창 밑의 넝쿨은 한 뼘 더 자라났구요

제2부

엉겅퀴꽃

자라는 것마다
전장으로 떠나는 전사처럼
비장하게, 온몸이 무기로 변한다지
빈틈없이 솟은 가시들이
사력을 다해 띄워 올린 보라색 꽃
피를 멈추게 하는 힘이 있다지

꽃을 따서 즙을 내면
어둠이 쏟아져 나온다지
한 종의 식물이 견뎌낸 밤은 저리도 캄캄하구나
그 어둠을 먹으면 사람이 살기도 한다니
이런 쓸쓸한 계집 보았나

툭 터진 씨앗들은
생에 단 한 번 부드러운 섬모(纖毛) 입고 길을 떠나고
스스로 마음 줄 때까지는
건드리지도 못하게 한다지
가시로 제 목을 겨눈 채
아슬아슬하게 피어난다지

카렌의 빨간구두

수많은 청춘들과 길을 걸었습니다
몰려다니는 안개와 같은 그들과의 대화
동화 속의 카렌이 계속 춤을 췄으면 좋겠다고 말했지만
여러 갈래의 길로 흩어진 우리들은
빨간 구두를 벗어 선반 위에 올려놓았습니다

분명했던 명분들은
섬모에 매달려 날아가는 씨앗들처럼 어디론가 떠났습니다
낯선 사람과 사랑을 시작하는 카렌
낯선 시대에 앉아 민주주의를 외치는 카렌
낯선 교회에서 순전한 믿음을 외치는 카렌
나의 카렌은 젊은 누군가에게 스며들었을 것입니다

대신 그토록 혐오하던 결탁도
순한 눈을 가졌다는 것을 알았습니다
빨간 구두는 선반 위의 먼지와 대화 중입니다
가끔은 장사까지 다 치른 낭만이 불쑥 찾아들어
미리 늙지 말라는 말을 툭 던져 놓고는

더 이상 춤을 불러오지 않는 구두를 신고

냅다 달려 나갑니다

그녀의 앞마당 나무

높은 곳 가지는
사월이 다 가도록 잎이 나지 않아요
그녀의 꽃밭에는 꽃이 연일 피었다 지고
나비도 벌도 잉잉 날아다니는데요
맨살 나뭇가지는 하릴없이 하품하는 강아지 내려다보네요

그녀의 입에서는 여전히 단내가 풍겨요
오늘은 장사가 잘 되었거나 아주 안 되었거나 할 거에요
그런 날이면 그녀에게서 냄새가 나거든요
시큼한 그녀, 곧 술이 될 모양으로 흐느적거려요

천둥 번개 몰려와 비를 뿌리면
몸은 처음 당하는 도발처럼 푸른 잎이 솟아나지요
–나도 너처럼 하늘을 만져볼래. 난 아무래도 머물러야 할
것 같아–
봄만 되면 이 말을 하러 높은 나뭇가지에 오르던 그녀
곧 나무가 될 모양이에요
저것 보세요 살아야 숨을 쉰다는 것 알고는
허겁지겁 예배당으로 들어가잖아요

시 쓰기

자유를 위해

바다를 건너온 그들 때문에

미국에서 밥을 벌어 먹었다

생선튀김 가게에서 대구, 조개, 굴, 새우를 튀겨 냈다

부활절이면 꼭 해산물을 먹어야 하는 이들을 위해

종일 한마디도 못하고 주문지만 보며 튀김옷을 입혔다

일 끝난 뒤, 말을 하려고 입을 벌리니

얼굴의 모든 뼈마디에서

우두두둑 모국어가

부서져 떨어졌다

종이 위에 부서진 뼈를 가지런히 놓는다

꿈, 바람을 밟다

마흔이 되면 죽겠다던 나는

아직도 죽지 않고 사네

사랑 없이는 한순간도 견딜 수 없었던 나는

사랑 없어도 하루 중 다섯 번 이상은 웃고 지내네

늙지는 말고 젊은 얼굴로 제 명까지 살다

어느 한순간 생을 마감했으면 좋겠다던 나는

생리가 늦어지던 그 나날 중에

까마득하게 멀어지던 애인들을 떠나보냈네

나의 애인은 뜨거워 견딜 수 없는 내 마음

나의 애인은 바람을 밟는 내 발바닥

나의 애인은 사랑이 심하여 어느 경우에도 끝까지 가 보는
맹렬함

나의 애인은 끝도 없이 밀려왔다 쓸려 나가는 우울

모르는 척 모르는 척, 아 언제부터 나의 이기심이

내 애인들을 다 잡아 먹었나

훗날 훗날에 애인들이 나에게 돌아오는 날이 있다면

그때, 밥이라도 지을 기운이 남아 있다면
봄볕 아래 정성스럽게 밥상 차려 놓고
애인아 먹자
밥 숟가락에 햇살 한 조각 올려 주고
바람 밟으러 나가자
말하고 싶네

사라진다는 것

진행 중이다

유일하게 계속되는 것은 사라지는 것

일 센티미터 싹을 틔운 수선화

사라지기 위하여

맹렬하게 땅 위로 솟는다

순간에 기대어

봄날이 핀다

유배된 우울

너를 만나러 가는 날

취꽃이 뽀얗게 마을 어귀를 적신 날

천천히 자전거 페달을 밟는 선한 남자의 눈을 봐 버린 날

낮잠에서 깨어난 후 낮인지 밤인지 모르겠는 날

엄마가 아직 살아 계시다는 게 기적 같은 날

괘종 소리에 난초 잎이 흔들리는 날

배부른 새댁에게 들뜬 목소리만 가득한 날

네가 아름다운 것들을 볼 수 있도록 나를 내어 준다

우울이여 그동안 수고했다

이름에서 풍겨 오는 눈물 냄새

이생은 내가 할 일이 많아 수고로움이 가득하다

이 수고로움이 끝나는 날

맑은 눈을 가진 너와 먼 곳으로 도망가서

고통에 실컷 취할 계획인데

너 함께 가겠는지

그곳은 여전히 이곳

내가 가고 싶은 곳은 아프리카
코끼리 무덤에 누워 푸른 하늘을 보고 싶다
내가 가고 싶은 곳은 몽빠르나스
보들레르에게 그대 아직도 뜨거운지를 묻고 싶다

해가 기울고 동네에는 밥 뜸 들이는 냄새 가득하다
아무데도 가지 못하고 집귀신이 되어 간다

나팔을 입에 문다
연주 번호, 7080 소원을 말해 봐, 걸그룹의 노래가 울려퍼
진다
길고 높은 담벼락에 구멍을 내고 들여다본다
이루어질 수 없어야 소원이다
소원을 갖기 위해 나는 스스로 벽을 만들고 있음이다

병든 아버지 수발로 평생을 보낸 여자를 두고
심리학에서는 히스테리에 빠져 있는 것이라고 했다
그 여자, 열쇠 구멍을 들여다보곤

즐겁게 병 수발을 들었을지도 모른다

가고 싶은 곳

그곳은 여전히 이곳이다

꿈을 꾸다

내 앞으로
아버지가 지나가고
엠마 할머니도 지나가고 스탠 할아버지도 지나갔다
그들이 내 귀에 대고 말한다
'이젠 네 멋대로 살아도 돼야

오 년째 암 투병 중인 셜리 할머니가 시간이 없다며 뛰고
있다
  돈이 많았던 스탠 할아버지는 돈이 다 뭔데라고 말하며
  죽는 순간까지 담배를 손에서 놓지 않았다
  한 번도 남자가 없었던 엠마가 함께 밥 먹을 사람이 없다
고 슬퍼하다가 갔다
  독일 할머니는 미국 남편 눈치 보다가 독일 말을 다 잃어
버렸지만
  남편이 훨씬 일찍 죽었다고 했다

  사계절이 한꺼번에 어디론가 흘러간다
  내 달리기도 빨라진다

꿈속에서 이건 꿈이라고 천천히 뛰라고 말하지만
가속도가 붙기 시작했다
멋대로 살기에는 속도가 너무 빠른데 어쩌지 하며
우물쭈물할 때
후드 청소하는 스티브가 자살했다

친구에게 쓰는 편지 1

우린 언제부턴가

시에 대해서 침묵한다

우리에게 별다른 목적은 없었다

돈이 되는 일을 선택해야 했을 뿐이다

오래된 서랍장 속에서 너의 시집을 발견했다

제목을 '공룡화석'이라고 지었더군

종일 현미경을 통해 미생물의 번식을 보던 네가

병든 노모를 향해 느리게 걷는 것이 보인다

네가 화석이 되고 있구나

물이 고이지 않는 우물

바람을 입에 물고 웅웅 울고 있다

시를 향한 맹목의 시절은 죽었지만

우리를 위한 변명을 마른 입 열어 써 본다

할 말 있겠나, 우린 그냥 돈 되는 일이 먼저였을 뿐인데

리어카에서 귤 한 봉지 사 들고 언덕을 오르는 넌

단 한 줄의 시가 되었고

난 여전히 할 말이 많은 사람으로 남았다

길 옆의 고양이도 유심히 너를 읽는다

겨울 햇살도 오래 받으니

등이 따갑구나

친구에게 쓰는 편지 2

전화를 했었다,
분홍 립스틱을 사야 한다는 나의 말에
넌 오래된 립스틱을 입술에 바르고 있다고 했다

우리가 그동안 알아낸 것은
목숨을 걸고 가로등 주위를 날아다니는 나방은
천상 은빛 나비라는 것이다
어차피 모든 것은 한통속인 것을 우린 진작에 알았다
그러나 친구, 난 네가 처녀 딱지도 떼어 보지 못하고 폐경
에 이를까 봐
내심 걱정이어서 그 립스틱 좀 버리라고 소리를 지른다
네 엄마는 네 생이 어디로 흘러가는 줄도 모르신다

함박꽃이 울타리를 뒤덮고 있는 것을 봤다
무더기 무더기로 피는 꽃
사람들은 그 모두를 그냥 꽃이라 부른다
그 무더기 속에서 넌 엄마 밥상을 차리고 있다

난 분홍 립스틱을 찾으러 다니고

넌 꽃이 된 채로 거기 있다

그해 여름

바람이 거세게 불었다
지구의 각도가 틀어질 만큼
여름은 길지도 짧지도 않게 머물렀다
그해 여름, 벌이 날아와 내 손등을 쏘았다
밖을 보니 꽤 많은 벌들이 날아다녔다
환풍기를 달았던 자리에 벌집을 지은 것이다
꽤 오랜 세월 집을 지었던 모양이다
깊고 크다

수많은 벌들이 세운 마을
몇 마리 날아가면 몇 마리 날아 들어온다
교대로 먹이를 찾으러 나간 사이
살기 충천하여 나무판으로 벌집을 막고
살충제가 젖어 흘러내리도록 뿌렸다

여름이 다 지나가도록
살 곳을 찾아온 벌들이
집 주위를 서성이는 것을 보며
밤새 뒤척인다

거짓말

눈을 뜰 수가 없다
빛의 파장이 계절에 따라 다를 뿐
모두 거짓말이라는 충고에도 불구하고
나무와 풀을 스쳐간 햇빛 칼이
아름다운 생채기를 낸다
송송송 맺힌 꽃
거짓말도 이만하면 예술

우울 잠복기

놈이 나를 괴롭힌다. 어느 날 자생적으로 내 안에 생성되어 가끔씩 순간 번식을 하는, 놈의 끈끈한 체액이 내 안에 가득해진다. 번식하는 시기를 알지 못하여 놈에게 늘 내 몸을 내어 주고 만다. 놈이 휘젓고 다닌다. 구석에 고여 있는 죄의 순간들만을 골라 주욱 늘어놓는다. 내가 지은 죄의 기억들이 옷을 벗는다. 나를 살려 줄 씨앗이 될 만한 보잘것없는 기도가 신음 소리처럼 흘러 나온다. 나의 기도마저 붉은 혀로 발라먹는다. 팽팽하게 긴장한 신경 위에 올라서서 독을 뿌린다. 난 아무것도 볼 수 없으니 놈의 포로다. 날카로운 칼날에 가장 아끼며 키워 왔던 장미 넝쿨의 목이 잘려 나간다. 울음소리 울음소리 내 영혼이 나락으로 떨어지네. 난 놈을 물리칠 아니 물리치고 싶지 않은지도 모른다. 달콤하고 축축한 목소리에 취해 놈이 쌓아 놓은 아슬아슬한 제단 위로 서슴없이 오르는 것을 보면. 불길이 몸을 휘감고 뇌압이 높아지네. 곧 터질 듯 팽창한 심장, 내 어머니 굽은 등줄기에서 새나오는 기도. 오오오 난 나를 포기하고 싶다. 난 살고 싶어진다. 놈은 순간 소멸되기도 한다. 놈이 미처 발라먹지 못한 씨앗 하나가 창문을 열어 별이 쏟아 낸 차가운 공기를 마신다. 살아나라 살아나라 살아나라. 사랑하고 싶다. 놈을 죽이는 쥐약 같은 사랑을.

유리벽 안과 유리벽 밖의 통로 1

물고기가 살고 있습니다
유리벽 안에서, 유리벽 밖에서 서로의 밖을 내다봅니다
마들역의 산소호흡기를 매단 녹색 수족관
플라스틱 물풀과 벽면의 바다 사진 사이에서
좌우로 오가는 사람들을 쳐다보며
물속에 가만 떠 있는 것이지요

지느러미를 힘껏 내젓던 바다
탄력 있는 허리를 틀면 일어서는 비늘
나머지의 생은 그 기억만으로 살아야겠습니다
비늘 사이에 낀 물이끼 때문에
내 몸이 미끄러워 눈만 껌벅이며 밖을 내다봅니다

몸을 움직일 필요가 없는 수족관에 놓여지면서
고인 물이 꼭 편안한 소파같이 느껴졌습니다
소파에 지느러미를 묻고 오가는 사람들을 바라보던 물
고기
햇빛 한 줄기가 아가미로 들어왔다 빠져 나갑니다

햇빛은 좌측통행하는 사람들 사이를 헤엄쳐

바다를 향한 전철에 올라탑니다

유리벽 안과 유리벽 밖의 통로 2

캄캄한 밤에 아파트 베란다에서 밖을 보면 바다 물고기를 꿈꾸는 가장들이, 취직을 못한 청년들이, 사랑에 목을 맨 이웃집 여자들이 모두 나와 별을 본다. 그 모습 그물 속에서 몸을 비틀며 빠져나가려고 사력을 다하다 지친 물고기 더미 같다. 촘촘한 창문마다 사람들이 얼굴을 내밀고 담배를 핀다. 푸른 담배 연기가 손을 흔든다. 착한 지느러미여 안녕 빠이빠이. 사람들은 착하게 그물을 여며 닫는다. 하늘 위의 별 아득해지고 서서히 살이 오르는 물고기. 움직이지 않는 공기를 마시는 일, 익숙해진다. 감각이 없는 집단이 된다. 방에서 컴퓨터 자판을 두드리는 이들은 우주를 향해 무전을 치는 건 아닐까. 모두 잠든 시간에 무전을 치던 구석구석의 물고기들은 몰래몰래 전선을 따라 소통한다. 나도 무전을 친다. 정말 저 건너에 물고기들이 있었구나. 황사 바람 불어온다. 사람들은 조금씩만 숨을 쉰다. 부레 안에 쌓이는 모래. 길들여지지 않은 바람을 타고 건너온 모래, 어쩌면 사람들의 무전을 받고 찾아오는지도 모른다. 대륙이 말라가며 털어 낸 정신의 입자를 마시면 그물을 빠져나갈 방법을 찾게 될지도 모를 일이다. 마셔볼까 했지만 이내 문을 닫는다. 그물이 한 번 출렁거렸다.

제3부

연어 떼

당신을 잊을 수 있을까
그대로 앉아 살아온 날들은 길기도 하네
슬리퍼를 끌고 골목이라도 한번 돌아봐야지
종일 눈물이 그렁거리던 하루도 저물고
저녁 빛이 살 속을 물들이네
저만치에서 산그림자 밟고 떠오르는 초승달
얇은 살결을 건드리면 너를 향한 연어 떼
길 위에 쏟아 놓을 것만 같아
입을 꼭 다무네

오래된 기질

단풍도 들기 전에
세상이 무너지도록 첫눈이 왔다
눈의 무게를 못 견디고 쩍쩍 쪼개지는 나무들
뽀얀 속살에 돋는 소름
─지랄 맞은 내 청춘 같구나─
나뭇잎이 단풍도 들어 보지 못하고 다 떨어졌다
다홍치마 입기는 다 틀렸던 내 청춘의 오류들
내 안의 몹쓸 기질들을 죽여 나가던 나는
밤마다 종이 위에 제를 올렸다
─자 너는 나와 어울리지 않으니 가라─
배꼽 밑의 숨으로 쓴 부적들
발을 놓았던 흔적이 남아 있는 얼굴에
눈을 멀리 걸쳐 두는 버릇도 여전한 눈에
몇 겹이고, 몇 겹이고 붙인다

쩍 갈라진 나뭇가지 그림자가
얼마나 차가워졌는지
뱃속에 손을 넣어 보고 있다

깊은 웅덩이가 되려면

아직도 멀은 듯 하다

더듬이

빗물이
어디론가 흘러가고 있다
땅속 깊은 곳, 중력의 힘을 따라 고이는 물
오늘도 물소리를 들으며 땅속으로 길을 낸다
너와 헤어진 뒤로도 난 숱한 이별을 일삼았지만
난 너를 느낄 수 있었다
머리카락에서 발톱까지 관통한 번개로
검은 숯이 된 시간들은
쉽게 불붙고
쉽게 꺼지지 않았다

그 계절은 봉해져 있던 탓에
싱싱한 더듬이를 갖고 있었지만
이제는 봄날 아지랑이를 봐도 너를 느낄 수 없다
은행 열매 냄새가 거리를 채워도 너를 느낄 수 없다
네가 수명을 다한 게다
긴 연애였다

비가 온다

더듬이 끝이 다시 촉촉하다

도(道)

도를 닦는 일은
아무리 해도 안됩니다

목소리는 괄괄해지고
밥심이 최고라며 숟가락이 야물어지기도 하고
세상의 어떤 일도 아무것도 아니며
죽고 사는 일까지 견딜 만해지면 제대로 산 것이라고
손사래를 치며 웃습니다만

기러기 그림자
가슴과 등 사이로 지나가면
공들여 닦은 내공이 옴팍
몰락합니다

개울가 어딘가에는
비단 날개를 꿈꾸는 잠자리 알이 수북하겠습니다
몸짓이 작은 섭리에 큰 목소리가
조용히 잦아들기도
하는 것입니다

나리꽃

안개에
갇혀
죽는다 해도

산허리
붉은 하늘에 목을 걸치고
독한 입김으로 죽는다 해도
피어 버린 저 꽃잎

화냥기
여자의 가장 아름다운
위기

단절, 쓸쓸한 유보

절반의 나는 밖에 있고
절반의 나는 안으로 들어온다
너는 벚꽃잎 나부끼는 밤거리를 걷다가
그와 함께 불렀던 노래를 부르고 있을지도 모르겠다

나는 라면을 끓이며 냄새를 즐기고 있다
바람이 풍경을 건드렸나 잠시 처마 밑이 술렁거린다
설익은 라면을 씹다가 멈추고 그 소리를 향해 귀를 세운다
흔적도 없이 그가 죽은 것 같다고 말한다
난 라면을 다시 씹으며 난 적금을 한 번도 타 본 적이 없다
고 말한다
그가 후회를 했을까라고 묻는 너에게
난 망각의 힘을 믿는다고 말한다

너와 나 사이의 단절은 나의 일방적 통보였으나
늘 너에게 귀를 기울일 수밖에 없었다
오월, 따뜻한 강에 나의 여성성을 수장했을 때
네가 시신을 수습하여 떠났기 때문이다

너는 어디쯤에서 노래를 부르고 있는지
너와의 단절은 그렇게 유보되었다

콩나물 시루

무서운 말
함부로 뱉어 냈던 적 있다
말에 대한 책임을 져야 한다고 교육이나 받지 말걸
입에서 튀어나온 그 말에 책임을 지려고
모든 가치관을 수정해야 하는 불상사
이젠 족하다

개나리꽃 한창인 밤거리를 9시 뉴스에서 본다
꽃그늘 아래 앉은 연인들
사랑한다는 말이 지천으로 흐르고 있겠구나

명치 끝에 매달린 그 말
울림이 없는 그 말
죽어 버린 그 말

캄캄하니 더 잘 자라 있다
개나리보다 더
촘촘하다

백송(白松)

그대, 미안하다

청춘의 징검다리였던 그대

종점 다방까지 뛰어온 그대는 다리에 쥐가 났었다

그 모습 이리 생생한 것을 보면

난 징검다리 위에서 가장 평화로운 연애를 한 것이다

내 생에 누군가에게 상처를 입히기 시작한 그때

그대 그 길목에서 길을 잃었다는 소식

나는 그대에게 끝까지 이기적이었다

지조 없는 년에게도 이유 없이 속 편한 날이 왔을 때

내 안에서 소나무 향이 진동을 했다

막다른 골목을 먼저 빠져나온 나보다

오래 머물다 길을 잃은 그대

줄기에 흰 줄을 두른

은빛 소나무가 되었으면 좋겠다

저녁 빛

손바닥만 한 밭 하나 만들어 놓고
참참히 들어가 풀을 뽑을 때
잔돌을 고를 때
떡잎을 뜯어 줄 때
자꾸 눈물이 난다

해가 지면서 금빛 가루를 촤르르 뿌리는 시간
하루살이가 냅다 엉켜 춤을 추는 시간
저녁이면 사람들의 목소리가 더 잘 들려서 소근거려도 되
는 시간
멀리 있는 사람의 발자국 소리도 들을 수 있는 시간
고요함을 이젠 견딜 수 있다

엄마가 풀 뽑을 때 난 TV로 오락 프로나 보며 낄낄거렸는
데
단 몇 년 만에 엄마가 하던 일
고스란히 하고 앉았다
앞마당 나무의 꼭대기 가지는 하늘 하늘 지는 해 잡고

밑동 쪽은 땅을 콱 붙잡고 있다

절대 울지 않던 독한 년

까치발을 딛고 능선을 넘는 해를 바라본다

인연

해가 올라오는 저곳과
아직 달이 뜨는 저곳은 제법 가깝지만
도저히 만날 수 없는 시간대에 놓여 있습니다
스치고 스치고 스치다 보면
달이나 별로
혹은 해나 뭉게구름으로
슬쩍 한 지붕 밑에 있게 될는지도 모릅니다

만나야 할 사람이 있다면
이생이 아니더라도 만날 것입니다만
먼 발치에서 바라보기만 하는 은행나무나
안부 한마디로 족한 동네 친구가 좋겠습니다
여행지에서 버스 옆자리에 앉은 할머니로 만나
내내 수다를 떠는 것도 괜찮은 일입니다

찬바람에
나뭇잎들이 떨어져 내리는
찰나의 시간에도 다음 생을 위해

착한 생각을 몸에 담았습니다

모든 가까운 이들을

멀리 두기 위한 의식입니다

연리지

포도나무가
옆에 선 나무의 가지를 잡았다
겨울을 두 번 나더니
가지가 엉켰다
푸른 싹이 돋아 어느 것이 포도나무인지 알 수 없다
위로만 솟을 모양이다

자꾸 허방에 발을 딛는 것
눈동자가 공중에 떠 있는 것
보기 싫다

작정하고 두 나무의 손을 썩뚝 잘라냈다
한 마당에서 바라보기만 하라
종이 다른데 연리지라니

살피니
수많은 가지
바닥에 엎드려 뻗고 있다

밑동 가까이

긴 손가락 당도해 있다

가을비

비가
땅속으로 스며듭니다
캄캄한 곳을 지나
바다를 향해 흘러갈 것입니다

바다에 닿기도 전에
땅속에서 얼음이 되기도 하겠으나
봄을 기다리는 동안
시린 그리움을 배워 보는 것도 나쁘지 않습니다

갑자기 날이 다시 따뜻해지기라도 한다면
안개로 피어나 곳곳에 살을 부비다
하늘에 둥싯 떠 있는 구름과
한 몸이 되어
운 좋게
내일 바다에 닿을 수도 있겠습니다

작년에 내린 비가

무사히 바다에 닿았는지

알 수 없는 시월입니다

위문 편지

위문 편지를 썼는데요
교과서에 실린 「붉은 산」의 내용을 썼어요
상병 아저씨에게 답장이 왔는데요
심심한 열네 살, 편지 쓰는 것으로 글쓰기를 시작했는데요
국군 장병 아저씨는 아버지와 오빠의 사이쯤에서
내 성장을 지켜봤는데요
그는 내 생에 가장 아름다운 사람이구요
나에게 연애하자고 하지 않은
유일한 남자구요

혹, 감쪽같이 속아 넘어 간 것은 아닐까요
분꽃씨를 반으로 갈라 화장을 하던 시절을 지나는 동안
한 번도 내가 여자였던 적이 없었을까요
쉿!
의심하지 말고
끝까지 속아 넘어가야 해요

달맞이꽃

산이
높아질수록
꽃잎이 넓어진다
노란 치마폭을 펼치고 앉아
달을 기다리는
지리산 정상의 달맞이꽃
새까만 발을 흙 속에 묻고
달을 닮아 보려 애를 쓰는 기질
도저히 어쩌지 못할
계집 같다

낮이면 아무도 제 얼굴을 못 보게
문을 닫아 버리고
해 질 녘만 기다리는
달의 첩실

초경

저녁 무렵
가만히 앉아만 있었어요
채송화 빼곡한 마당에는 이미 햇빛이 없구요
언니들도 돌아오고 엄마도 일을 마치고 돌아왔는데요
난 여전히 쪽방에 웅크리고 있었구요

잠든 엄마 귀에 대고
"엄마 엄마 나 뭐가 나와" 했지만
행상으로 피곤한 엄마는 잠만 자구요
언니의 개짐을 얻은 나는 울고만 싶었는데요
빨아도 빨아도 지워지지 않던 선명한 얼룩
그날 저녁 이후 분꽃 냄새
가끔 진동했구요

곧 그것이 끝날 조짐을 보이는데요
이제야 곡비(哭婢) 같던 여자가
곡을 멈출 명분을 확 끌어 잡은 거지요
계집에서 사람이 되는 동안

푸른 거미가 천천히 줄을 타고 이동하는 것

눈이 아프도록 보았구요

제4부

닭

본시
새였어요
해를 좇아 날아오르는 새였는데요
심장이 타들어 가는 순간
눈을 감았어야 했는데요
불을 삼킨 불새가 되어
하늘에 붉은 꼬리를 늘어뜨리고
노을 속으로 날 수도 있었는데요
그만 눈을 뜨고 만 것이지요
이제 다시는 날지 못해요
지붕에 올라
홰를 치며 울어도
이생에서는
소용없어요

추억의 사십구재

사거리의 오른쪽에는 다리가 있습니다
십자가와 꽃바구니 그리고 몇 통의 편지가 놓여 있습니다
누군가 다리 위에서 생을 마감한 것입니다
다정한 표식들이 빵집을 바라보고 있습니다
급한 사이렌 소리를 내며 소방차가 그 앞을 달리고
아내가 구운 와플을 생각하던 남자도 그 앞을 달렸을 것입
니다
자전거 타는 아이들이 꽃바구니를 건드리자
기우뚱하다가 다시 제자리에 앉습니다

십자가에 쌓여 가는 먼지
한동안은 누군가 먼지를 쓸어내리고
십자가를 바로 세워 놓기도 할 것입니다만
느린 화면처럼 그 풍경은 서서히 속도를 줄이다가 멈출 것
입니다

추억하는 것은 사십구재 같은 것
이생에서 헤어진 이를 분리시키는 의식입니다

그동안은 마음껏 그리워해도 되겠습니다

모든 풍경은 이별한 이를 닮은 채로 기억됩니다

아름다운 빗장뼈를 닮은 초승달이

국기 게양대 위에 걸터앉아

버스에서 내리는 사람들을 바라봅니다

생강나무 분재

밑동으로 삽이 들어왔을 때
이제 누군가의 소유가 될 것을 알았어
누군가의 방식대로 키워질 테니
걸음 소리가 들리면 잔뿌리와 잎새들이 움츠러들어
스스로 분재가 되지

나를 K에게 선물로 주던 날
K의 취향은 오른쪽 가지를 자르는 거였어
모양이 확실히 달라졌을 때서야
K의 소유란 걸 알았어

이사를 갈 때 내 앞에서 머뭇거리던 이유는
나를 데리고 가기에는 너무 커 버렸고
나에게서는 생강 냄새도 별로 나지 않았던 거야
나를 화단에 던져 버릴 때
오기가 확 살아났던 거지
봐라 보란듯이 잘 자라날 테니 했던 거야

잘린 가지 끝에서 싹이 트기 시작했어

한 번 틔운 싹은 걷잡을 수 없이 자라

자라지 못한 밑동이 감당할 수 없을 지경이지만

불균형의 아름다움을 알게 된 거야

스스로 숲이 되기로 한 거야

소나무

생이
무너져도 좋다
절벽에 발을 묻고 바다를 내려다본다
위태롭게 칼날 위를 걸어서라도
바다 건너 너에게로 가고 싶다
송홧가루 공중에 날리는 날
나무 그림자의
목은
너무 길다

정자 언니

매일 싸우는 부모를 보며

절대로 싸우지 않겠다고 다짐했지만

하루도 빠진 날 없이 싸운다네요

매일 남편 없는 구석으로 스며들곤 했다는데요

캄캄한 저수지 앞에 서서

곱게 핀 산수유 그림자 일렁이는 물속

그곳으로 갈까 갈까 하다 돌아서곤 했다는데요

부엌 쪽문으로 청둥오리 떼 날아가는 것을 보고는

죽은 듯이 하나님만 붙들고 살자 한 세월이 이십오 년이라

는데요

두 아들 다 장성하여 타지로 떠나고

남편과 나이아가라폭포를 다녀왔다는데요

처음으로 싸우지 않은 그 여행 뒤

심한 노동으로 발바닥이 아파 잠을 이룰 수 없다면서도

목소리는 새색시처럼 청아하구요

부끄러움이 살아난 웃음소리

마당에 울려 퍼지구요

소풍

낮잠을 길게 잔 날
몸 안에서 무수한 새 떼가 빠져나갔다
낮게 낮게 내려오는 먹장구름을 뚫고
어느 대륙을 찾은 새 떼들이
공중에서
비에 젖고 있는 산을 바라보다
맑은 날, 구름 사이에서 발견한 씨앗들을
구석구석 심어 놓고
나를 부르러 왔다
잠잠히 내 뼈마디 사이의 둥지로 돌아와
가자, 거기로 가자고
한다

안개

아주 잠깐만 다녀온다고 나선
내 순한 마음이
밤새 어디를 다녀왔는지
부우옇게 몸을 부시고 있다
조용히 그러나 약간의 냄새를 갖고 있는 안개는
잠깐 그렇게 울고
말짱하게 거짓말하러 햇빛 속으로 걸어간다

고요한 산책

"꽃 피기 시작한 봄날이었어요
삼양동 언덕 아래 집에 바보 아이 살았는데요
동네 아이들 우루루 담장에 매달려 바보라고 소리쳐 놀리면
그 집 엄마 부지깽이 들고 무섭고 쫓아오고요
아이들은 깔깔대며 언덕 위로 도망을 치곤 했는데요"

나는 이제 지구 반대편에서 걷고 있다
산책길에 한 여자가 휠체어를 밀며 저만치서 온다
빠른 걸음으로 내 옆을 스치고
1번지 골목까지 다녀온 후 나를 앞질러 간다
　휠체어에 탄 아이가 어디선가 나를 본 듯한 표정으로 웃
는다

심심한 아이들이 자라 그날을 기억할 때엔
웃음이 이쁜 그 아이를 슬몃 놀이에 끼워 주는 것으로
말갛게 철든 어른들이 되어 있겠다
길 위의 목련꽃들이 동화처럼 화르르 피어난다
우루루 몰려다니던 아이들은

어디선가 고요해지는 연습을 하고 있겠다

웃음이 이쁜 그 아이도 어디선가

목련이 되어 있겠다

까무룩하다

전설이 된 가요계 거장들의 노래를 부르는 프로에

93살의 작사가가 나왔다

이 노래를 작사하셨던 당시 기억이 나시나요?

"아니요 전혀 기억이 없어요."

그의 노래를 부르는 가수들은 목이 터져라 불러 젖힌다

무표정으로 노래를 듣는 늙은 얼굴

까무룩하게 모든 사연들은 사라지는 것이다

애절한 사랑 노래도

비극적인 이별 노래도

씩씩한 사나이들의 노래도

그가 뜨겁게 술잔을 기울이며 써 내려간 노랫말이

사라져 버린 그의 생

텅 빈 껍질이 되어

빠져나간 것들을 무심히 바라보는

가벼운 몸

가벼운 마음으로

명랑하게 고요에 입성하는 것이다

그러다가 가끔

꽃밭에 몇 해째 거름을 안 했더니
양귀비꽃이 시름시름 올라오다가 죽어 버렸다
꽃이 피면 진한 주홍색 치마를 펼쳐 입고
허리를 틀어 유혹하던 꽃도
밭에 거름이 없으니 제풀에 시들었다

바람 난 친구는 내게 소식을 끊었다
유난히 도덕적인 내게 면이 안 서는 모양이다
그러나 친구여 나는 내 마음을 옮기지는 않았으나
그대와 별반 차이가 없었음을 고백한다

내년 봄에는 시커먼 거름을 왕창 때려 붓고
양귀비야 네 멋대로 피어라
라고 말해 주어야겠다
나 또한 멋대로 피어난다면
남편은 나를 사람으로서 이해해 줄지도 모른다

저녁 무렵, 나팔꽃이 제 몸을 보호하려

오므라들었지만 꽃 안은 아직

불온한 햇빛이 흔들린다

춤바람

암 덩어리가 된 그녀

나이가 많아 수술은 어림없고

항암치료를 힘들게 받고 있는 그녀가

오늘도 노인들의 라인댄스 팀에서 춤을 춘다

발을 움직여 보다가

힘들면 의자로 겨우 걸어가 쉰다

친구들이 우루루 몰려가 서로 껴안고 위로해 준다

다시 기운 차려 춤추는 라인으로 들어간다

사뿐히 공중으로 날아오르는 연습

연습실의 땀 냄새와 날아다니는 날벌레

작은 진동에 흔들리는 화초

햇빛 속에서 춤추는 먼지

모두가 환한

응원이다

밥 할아버지

시인 할아버지는

매일 식당에 오셨습니다

한 조각의 빵으로 아침을 드시며

시간 반 동안 읽기도 하고 쓰기도 하십니다

그 시간이 점점 줄더니

오는 횟수가 점점 줄더니

오시지 않습니다

도서관에서 만난 그는

더 이상 운전도 못하고

책도 읽지 못한다고 하십니다

"귀만 조금 들려"

CD를 들고 조심조심 걸음을 놓습니다

한 편의 시가

저물어 갑니다

바람에 말리다

감자가 썩나 보다

냄새가 나기 시작한다

썩어 가는 부위 옆으로 싹이 나고 있다

감자의 처음 싹은 푸르지 않다

밖을 정탐하듯 툭 비집고 나오는데

썩은 감자의 싹이야 오죽할까

성한 부위가 별로 남아 있지 않다

귀퉁이만 데리고 감자꽃을 피울 수 있으려나

감자밭으로 돌아갈 수 있으려나

망설이는 사이 한쪽 눈이 더 상했다

얼른 썩은 부위를 잘라내고

귀퉁이만 남은 감자라도

물컵 위에 앉혀 볼까 하다

밖으로 던진다

찬 노을이 몸 안에 스미면

가는 길이 훨씬 가벼울 거다

라고 감자에게 말했나

나에게 말했나

끝난 걱정

걱정할 필요 없지
몇 년을 묵혀 둔 마른 씨앗도 땅에 묻으면
푸른 손톱으로 땅을 뚫고 나오니까
나 돌아가는 날
엎드려 묻히면 될 일
가시가 꽃이 되기도 하는 선인장도 있는데
뻣뻣하게 늙어 보는 것도
괜찮지

상처의 힘으로 날아오르다

조해옥

1. 상상과 현실의 혼용의식

유희주 시인의 시적 자아는 바다, 우주, 아프리카 등 그가 살고 있는 곳이 아닌 장소들을 꿈꾼다. 이곳으로부터 멀리 떨어진 장소를 언제나 가고 싶어 하는 꿈을 마음속 깊이 품고 있다는 점에서 그는 로맨티시스트이다. 그의 로맨티시즘은 현실에서 유리된 감상에서 형성된 것이 아니라, 철저히 현실에서의 경험에 기반을 두고 있다. 그런 점에서 낭만적 상상으로 현실에서의 탈출을 감행하는 의식은 그의 시적 자아가 고단한 현실을 견뎌내는 필연적인 선택인 것이다.

어린아이들은 상상과 현실의 경계가 없다. 아이들은 현실에서 마음만 먹으면 언제든지 상상의 세계로 갈 수 있다. 아이들이 경험하는 상상의 세계는 그들이 어른이 되었을 때, 자기의 어린 시절을 행복한 시절로 기억할 수 있게 한다. 이 같은 상상과 현실이 혼용하는 예를 설화에서도 발견할 수 있다. 어쩌면 상상과 현실이라는 두 개의 세상을 모두 가졌던 우리들의 어린 시절은 생생한 설화의 시간을 살았다고 말할 수 있다. 우리들은 상상하는 세상이 현실에는 실재하지 않는다는 것을 사실로 받아들이면서 어른이 되어 간다. 그러나 상상과 현실이 혼용하는 어린 시절의 기억이 경험된 사실들로만 이루어진 현실의 그물에서 탈출할 수 있는 틈을 허용한다.

여섯 살쯤 되었을 때
마당에는 우물이 있었는데요
두레박이 떨어지며 내는 풍덩 소리가 좋아서
줄을 차르륵 풀어 넣곤 했는데요
힘이 없어 물은 다 떨어지고 빈 두레박만 건져 올렸는데요
떨어지는 물소리가 심심한 오후를 흔들어 주었는데요

안방에서는 아버지가 배호의 〈돌아가는 삼각지〉를 듣고 계시구요

우물 속에 뭔가 살고 있다는 느낌이 들었는데요
두레박이 내는 소리 말고 또 다른 소리가 있었는데요
나는 그것이 물고기일지도 모른다는 생각을 했는데요

등 푸른 물고기가 우물에 갇혀

은백색 배를 캄캄한 바닥에 대고
검은 반점이 눈알에 생기도록 바다를 그리워하다가……
까지 생각하다가
우물 속에서 죽었을 물고기 때문에 눈물이 났는데요

어느 연속극에서 우물 속에 물고기가 있다면
밖으로 통하는 통로가 있을 거란 대사가 나왔는데요
그 말에
내 안에 고인 어둠이 한 번에 가셨는데요
집 근처에는 개울도 강도 바다도 없는 산꼭대기였는데요
그래도 내 눈엔
환한 바다가 보이는데요
　　　　　　　　　　　　　　—「삼양동집 우물」 전문

　시인의 어린 시절은 상상의 세계와 실재하는 세상이 공존하고 있어서 그는 언제든지 상상의 나라로 나갈 수 있다. '우물'은 시인의 시적 자아가 상상의 세계로 나가는 통로 역할을 한다. 시의 화자는 집 안의 우물에서 바다로 나 있는 통로를 헤엄쳐 바닷물을 마음껏 유영하는 꿈을 꾼다. 바다로 나아가는 우물 속 물고기는 화자의 분신 같다. 어린 그에게 사실적인 세계와 상상의 세계 사이의 경계는 구분되지 않는다. 어쩌면 현실보다 상상의 세계가 어린 화자의 의식에서 큰 몫을 차지하고 있는 듯하다.
　유희주 시인은 그의 시에서 상상과 현실 세계를 넘나드는 어린 화자와 숨이 막히는 일상에서 일탈을 꿈꾸는 어른 화자들을 통해 상상의 세계를 향한 꿈을 지속시킨다.

집으로 가려면
작은 다리 하나를 건너야 했는데요
다리는 겨우 리어카 하나 놓을 만한 넓이를 가졌는데요
연탄 리어카에 매달려 놀다가 다리 밑으로 떨어져 버렸는
데요
온통 입안에 피비린내가 진동을 했는데요
개울물은 붉게붉게 퍼지고 있었구요
엄마가 나를 업고 어디론가 갔는데요
그 뒤로 난 오래도록 대문니 없이 성장을 했는데요

(…중략…)

오랜 세월이 캄캄하고 어둡다가
마흔여덟이 돼서야 갑자기 환해졌는데요
환해진 이유를 찾으려고 기억의 처음인 마석으로 마음을
옮겨 봤는데요
그날, 나를 업고 뛰던 엄마의 심장 소리 말이에요
들려요, 나를 업고 뛰며 뜨거운 숨과 함께 뱉어 내던 말
괜찮다
다 괜찮다
덕분으로 나 이제야 괜찮구요

―「세 살, 마석에서」 부분

유희주 시인의 시적 자아가 고단하고 지루한 일상을 견뎌낼
수 있는 힘은 그 자신의 상상력과 '어머니'에게서 나온다. "몇
해를 앓다가 떠나시고/어린 나는 장례식도 따라가지 못했는데

요/땀을 뻘뻘 흘리며 고무줄놀이를 할 때/등뼈에서는 알 수 없는 바람이 흘러 나왔는데요/치마를 펄럭이며 뛰어올라/높은 곳의 공기를 베어 마셨는데요"(「아버지 밥상」)에서처럼 아버지의 죽음은 유희주 시인의 시적 자아에게 내면적 결핍감을 형성한다.

위의 시 「세 살, 마석에서」에서도 아버지의 죽음으로 인한 아버지의 영원한 부재와 아버지를 대신하여 가장이 되어 장사를 나간 엄마의 잠정적인 부재 속에서 시의 화자는 결핍의 감정을 경험한다. 화자에게 처음으로 인지되는 '마석'에서의 기억은 다름 아닌 엄마의 '괜찮다'는 위안의 말과 엄마의 심장 박동소리이다. '마흔 여덟'인 현재의 화자는 그 자신을 지금까지 지탱시켜 온 힘은 바로 어머니였음을 깨닫는다. 화자가 겪은 최초의 결핍감과 상처를 달래주던 어머니의 심장 박동과 '괜찮다'는 어머니의 목소리는 그의 삶을 이끄는 원동력이다.

> 물고기가 살고 있습니다
> 유리벽 안에서, 유리벽 밖에서 서로의 밖을 내다봅니다
> 마들역의 산소호흡기를 매단 녹색 수족관
> 플라스틱 물풀과 벽면의 바다 사진 사이에서
> 좌우로 오가는 사람들을 쳐다보며
> 물속에 가만 떠 있는 것이지요
>
> 지느러미를 힘껏 내젓던 바다
> 탄력 있는 허리를 틀면 일어서는 비늘
> 나머지의 생은 그 기억만으로 살아야겠습니다

비늘 사이에 낀 물이끼 때문에
내 몸이 미끄러워 눈만 껌벅이며 밖을 내다봅니다

몸을 움직일 필요가 없는 수족관에 놓여지면서
고인 물이 꼭 편안한 소파같이 느껴졌습니다
소파에 지느러미를 묻고 오가는 사람들을 바라보던 물고기
햇빛 한 줄기가 아가미로 들어왔다 빠져 나갑니다
햇빛은 좌측통행하는 사람들 사이를 헤엄쳐
바다를 향한 전철에 올라탑니다
　　　　　　　—「유리벽 안과 유리벽 밖의 통로 1」 전문

하늘 위의 별 아득해지고 서서히 살이 오르는 물고기. 움
직이지 않는 공기를 마시는 일, 익숙해진다. 감각이 없는 집
단이 된다. 방에서 컴퓨터 자판을 두드리는 이들은 우주를
향해 무전을 치는 건 아닐까. 모두 잠든 시간에 무전을 치던
구석구석의 물고기들은 몰래몰래 전선을 따라 소통한다. 나
도 무전을 친다. 정말 저 건너에 물고기들이 있었구나. 황사
바람 불어온다. 사람들은 조금씩만 숨을 쉰다. 부레 안에 쌓
이는 모래. 길들여지지 않은 바람을 타고 건너온 모래, 어쩌
면 사람들의 무전을 받고 찾아왔는지도 모른다. 대륙이 말
라가며 털어 낸 정신의 입자를 마시면 그물을 빠져나갈 방
법을 찾게 될지도 모를 일이다. 마셔 볼까 했지만 이내 문을
닫는다. 그물이 한 번 출렁거렸다.
　　　　　　　—「유리벽 안과 유리벽 밖의 통로 2」 부분

위 시의 화자는 수족관에 갇혀 사는 물고기가 그곳에서 버틸
수 있는 것은 물고기가 떠나온 바다의 기억을 간직하기 때문일

것이라고 상상한다. 수족관의 물고기와 자신을 동일시하면서 화자는 자신 역시 수족관 같은 일상 속에서 감각이 마비된 채 살아가고 있음을 자각한다. 바다의 기억이 물고기를 언제든 바다로 데려다 준다는 화자의 상상은 수족관에 갇힌 물고기나 다를 바 없는 자신에게 일상에서 탈출할 수 있는 기회를 주는 것이다. 수족관 속 물고기를 보는 유리벽 바깥의 화자는 물고기와 한 몸이 되어 바다로 향한 전철에 올라탄다. 화자가 물고기에게 자신을 동일시하여 물고기를 위해 바다로 향한 전철에 오르는 것은 자신을 위한 의식적 행위이기도 하다. 그는 일상의 안락함 속에서 길들여져 있지만, 바다로 다시 나아가는 꿈을 지속한다.

아파트 베란다에서 별을 보는 사람들, 창문에 얼굴을 내밀고 담배를 피우는 사람들, 방에서 컴퓨터 자판을 두드리는 사람들은 모두 촘촘한 그물에 걸린 물고기처럼 아파트에 갇힌 존재들이다. 그들은 아파트 안에서 바깥에 있는 사람들과 소통하기를 원하고 우주로 무전을 쳐 소통하려는 물고기들처럼 보인다. 그러나 그들의 소통 욕구는 다만 각자의 아파트에 머물 뿐이다. 위 시의 화자는 아파트라는 그물을 빠져나가고 싶어 하지만, 이내 바깥으로 난 창문을 닫고 닫힌 일상으로 들어가 버린다. 아파트 사람들처럼 그 역시 자유와 소통의 꿈을 무력화시키는 일상을 이겨 내지 못하기 때문이다.

내가 가고 싶은 곳은 아프리카
코끼리 무덤에 누워 푸른 하늘을 보고 싶다

내가 가고 싶은 곳은 몽빠르나스
보들레르에게 그대 아직도 뜨거운지를 묻고 싶다

해가 기울고 동네에는 밥 뜸 들이는 냄새 가득하다
아무데도 가지 못하고 집 귀신이 되어 간다

― 「그곳은 여전히 이곳」 부분

시의 화자는 아프리카의 코끼리 무덤과 예술가들의 거주지인 파리 몽빠르나스에 가고 싶다고 말한다. 그는 예술가의 영혼과 예술가의 삶을 동경하지만, 여전히 '집귀신'이 되어버린 자신에 대한 자괴감에 빠져 있다. 이상과 현실의 괴리 속에서 그는 이상을 실행에 옮기지 못하고 현실 세계에 스스로를 구속시킨다.

2. 디아스포라, 스스로 숲이 되다

유희주 시인의 시적 자아는 어머니의 고단한 삶을 통해 세상의 진짜 얼굴을 익혀 갔다고 말할 수 있다. "모든 이민자들의 삶이 그렇듯 난 매사추세츠에서 사는 동안 전사로 살아야 했다. 전사로서의 삶은 내 안의 여자를 깊은 어둠 속에 방치시켜 놓아야만 했다."(「시인의 말」)에서 알 수 있듯이, 유희주 시인이 이민자로 살았던 것은 가족의 생계를 이끌었던 어머니의 삶을 닮았다. 어쩌면 그가 이민자라는 척박한 삶의 조건 속에서 버틸 수 있었던 것은 어머니의 삶이 준 가르침 덕에 가능했을 것이다. 유희주 시인의 시적 자아는 그의 어머니가 고단한 삶을 혼자서 견인해 갔던 것처럼, 낯선 세상에 던져진 디아스포라적 조건을 뚫고 그 역시 자신의 숲을 일궈낸다.

> 슬픈 멜로 드라마를 보다
> 눈물을 흘리던 엄마의 늦은 겨울 밤
> 코 골며 자던 고단한 엄마의 젊은 몸
> 엄마의 캄캄한 몸짓을 사춘기의 나는 불안하게 바라봤다
> 항아리 속의 고인 물도 문 여는 기척에 출렁이는데
> 엄마는 내일 아침 나가야 할 행상에
> 모르는 척 뒤척이고
> 종일 차가운 바람 몸 안에 가득 채우며
> 모르는 척 뒤척이고
>
> 밤새 눈이 온 날
> 구멍 난 털신을 신고 방학동으로 화장품 행상 나가시던 엄마
> 여섯 자식 다 키우시며 삼양동에 집까지 장만하셨다
> 엄마 몫까지 연애질만 해 대는 딸년들을 향해
> 엄마의 모든 것, 생활력 하나만은
> 똑부러지게 가르치셨다
> ―살아 있어야 연애도 하지―
>
> ―「엄마의 연애」 부분

가장인 남편을 여읜 화자의 어머니는 화자에게 생계를 꾸려 나가는 것이 어떤 것인지를 미리 학습시켜 준 존재이다. 어머

니는 화자에게 아버지의 부재가 어떤 의미인지, 남편 없이 가장이 된 여자의 삶이 어떤 것인지를 몸으로 가르쳐 준다. 화자의 어머니는 남편의 죽음으로 인하여 마치 척박한 삶의 토양에 뿌려진 씨앗 같은 존재였을 것이다.

> 그녀의 입에서는 여전히 단내가 풍겨요
> 오늘은 장사가 잘 되었거나 아주 안 되었거나 할 거에요
> 그런 날이면 그녀에게서 냄새가 나거든요
> 시큼한 그녀, 곧 술이 될 모양으로 흐느적거려요
> —「그녀의 앞마당 나무」부분

여기에서 어린 화자는 엄마에게서 나는 특별한 냄새를 기억했다가 상황을 판단한다. 엄마의 장사가 잘 되어 엄마가 쉴 새 없이 일한 날이거나 장사가 안 돼 속이 상했을 때 풍기던 엄마의 단내를 어린 화자는 기억해 두었다가 엄마가 겪은 하루하루의 삶이 얼마나 고단한 것인지를 분별해 낸다.

「시 쓰기」와 「낡은 바지에 대하여」 등에는 시인의 시적 자아가 진짜 디아스포라의 처지가 되었을 때의 경험이 고스란히 반영되어 있다. 자신들만의 숲을 이루고 사는 사람들은 절대로 낯선 이방인을 받아들이지 않는다. 그러나 낯선 땅에 뿌려진 씨앗 같은 디아스포라는 그 스스로 숲이 되기로 결심한다. 그의 삶의 정체성은 외부적 조건에 의해 만들어지는 것이 아니라는 것을 그는 체험으로 알고 있기 때문이다.

밑동으로 삽이 들어왔을 때
이제 누군가의 소유가 될 것을 알았어
누군가의 방식대로 키워질 테니
걸음 소리가 들리면 잔뿌리와 잎새들이 움츠러들어
스스로 분재가 되지

나를 K에게 선물로 주던 날
K의 취향은 오른쪽 가지를 자르는 거였어
모양이 확실히 달라졌을 때서야
K의 소유란 걸 알았어

이사를 갈 때 내 앞에서 머뭇거리던 이유는
나를 데리고 가기에는 너무 커 버렸고
나에게서는 생강 냄새도 별로 나지 않았던 거야
나를 화단에 던져 버릴 때
오기가 확 살아났던 거지
봐라 보란듯이 잘 자라날 테니 했던 거야

잘린 가지 끝에서 싹이 트기 시작했어
한 번 틔운 싹은 걷잡을 수 없이 자라
자라지 못한 밑동이 감당할 수 없을 지경이지만
불균형의 아름다움을 알게 된 거야
스스로 숲이 되기로 한 거야

　　　　　　　　　　　　　—「생강나무 분재」 전문

　위 시에서 생강나무 분재는 낯선 세상에 뿌리를 내리고 살
아야 하는 디아스포라 같다. 그것은 주인이 이사할 때, 같이

가지 못하고 화단에 버려진다. 그러나 생강나무는 자기에게 주어진 생의 조건에 굴복하기보다 그곳에서 오히려 자신의 숲을 만들어 낸다. 분재로서의 시간이 생강나무에게 인공적인 삶이라면, 생강나무가 화단에서 싹을 자유롭게 밀어 올리는 시간은 자연스러운 삶의 시간인 것이다. 그것이 화단에 던져졌을 때, 비로소 마음껏 싹을 틔우는 "불균형의 아름다움"을 얻게 된 것이다. 균형과 불균형의 차이는 다만 외부의 잣대에 지나지 않는다. 생강나무가 버려진 생의 조건에서 스스로 또 하나의 숲을 만드는 것은 시인의 시적 자아가 꿈꾸는 주체적인 삶의 형상이다.

3. '사라지다'의 경이로움

유희주 시인은 새 시집에서 상처 입은 자신을 성찰함으로써 자신과 세상을 긍정적으로 수용하고 비로소 사랑할 수 있음을 보여준다. 「나의 줄, 하나님」에서 시인은 "내 젊은 날은 어디에나 상한 것이 천지였다"라고 노래한다. 시인의 시적 자아가 상한 것 천지인 상황에서 더 이상 상처 받지 않는 시간으로 나아갈 수 있는 것은 그의 내면에서 일어난 변화에 의해서 가능하다. 그의 시적 자아가 경험하는 세상 이치의 터득은 자기와 외부를 인내하고 드디어 받아들이게 되는 관용의 시의식으로 이어진다. 그의 이 같은 시적 태도는 미래적 지향이나 초월의 태도가 아니고, 철저히 현실 체험에 의한 결과이다. 그는 삶에 회

의하거나 절망하지 않는다. 그가 외부와 자신에 대해 보여주는 관용의 태도는 오로지 현실을 스스로 받아들이는 삶의 태도에 기반하고 있는 시의식이라고 볼 수 있다.

> 진행 중이다
> 유일하게 계속되는 것은 사라지는 것
> 일 센티미터 싹을 틔운 수선화
> 사라지기 위하여
> 맹렬하게 땅 위로 솟는다
> 순간에 기대어
> 봄날이 핀다
>
> —「사라진다는 것」 전문

유희주 시인은 사라지는 것에서 활기와 영속성을 발견한다. 사라지는 것이 유일하게 활기를 띠고 유일하게 지속성을 갖는다는 그의 인식은 역설적으로 보이지만, 이 같은 인식은 그가 지난한 삶을 몸소 체험한 끝에 얻은 삶에 대한 이해이다. "사라지는 것"이 있는 그대로의 모습이라면, 사라지는 것을 받아들이지 못할 이유가 없는 것이다. 사라짐을 받아들이는 화자의 태도는 고집과 애착과 욕망으로 세상을 보는 것으로부터 그가 벗어나 있음을 보여준다. 그는 세상의 모든 살아 있는 사물들이 끝을 향해 나아간다는 사실을 인식한다. 그러나 그는 사라짐에 대해 자신의 어떠한 관념도 담지 않고 현상 그대로를 바라본다. 사라져서 슬프다거나 안타깝다거나 하는 그 자신의 감

정은 싹이 나고 꽃을 피우고 사라지는 수선화하고는 무관하다
는 것을 알고 있기 때문이다. 소멸을 안타까워하는 것은 인간
의 관념과 감정에 지나지 않는다.

> 만나야 할 사람이 있다면
> 이생이 아니더라도 만날 것입니다만
> 먼발치에서 바라보기만 하는 은행나무나
> 안부 한마디로 족한 동네 친구가 좋겠습니다
> 여행지에서 버스 옆자리에 앉은 할머니로 만나
> 내내 수다를 떠는 것도 괜찮은 일입니다
>
> ─「인연」부분

여기에서 시인은 시간과 공간과 개체를 초월하는 만남이 인
연임을 노래하는데, 이는 그의 무욕의 정신에서 비롯되었다고
볼 수 있다. 유희주 시인의 무욕의 시정신은 그 자신의 고단한
삶을 체험하여 얻은 것이다. 무욕의 정신은 현실을 초월할 수
있으며 시인이 꿈꾸는 현재적 삶의 조건으로부터 자유로워질
수 있는 여유를 마련한다. 고집과 애착을 버렸을 때, 시인의 시
적 자아는 인간의 유한한 시간을 벗어나 자연처럼 순환하는 시
간의식을 얻게 된다. 그는 순환하는 시간 속에서 영원함을 얻
고 드디어 시간과 공간을 초월할 수 있는 것이다.

> 내 앞으로
> 아버지가 지나가고
> 엠마 할머니도 지나가고 스탠 할아버지도 지나갔다

그들이 내 귀에 대고 말한다
'이젠 네 멋대로 살아도 돼'

오 년째 암 투병 중인 셜리 할머니가 시간이 없다며 뛰고 있다
돈이 많았던 스탠 할아버지는 돈이 다 뭔데라고 말하며
죽는 순간까지 담배를 손에서 놓지 않았다
한 번도 남자가 없었던 엠마가 함께 밥 먹을 사람이 없다
고 슬퍼하다가 갔다
독일 할머니는 미국 남편 눈치 보다가 독일 말을 다 잃어
버렸지만
남편이 훨씬 일찍 죽었다고 했다

— 「꿈을 꾸다」 부분

위 시에서 엠마 할머니, 스탠 할아버지, 셜리 할머니, 독일 할
머니의 삶은 외롭고, 병에 시달리고, 많은 돈으로도 행복할 수
없다는 사실을 화자에게 보여준다. 그런 점에서 그들은 화자의
인생 선배들이다. 화자의 인생 선배들은 화자에게 삶이란 과연
무엇인가? 하고 묻고 있으며, 그들이 그에게 가르쳐준 답변은
"이젠 네 멋대로 살아도 돼"이다.

유희주 시인은 「밥 할아버지」에서 우리가 경험하는 감각의
세계에서 '사라짐'이란 어떤 의미를 갖는 것인지를 '시인 할아
버지'를 통해 간결하면서도 명료하게 형상화시킨다.

시인 할아버지는
매일 식당에 오셨습니다

한 조각의 빵으로 아침을 드시며
시간 반 동안 읽기도 하고 쓰기도 하십니다
그 시간이 점점 줄더니
오는 횟수가 점점 줄더니
오시지 않습니다

도서관에서 만난 그는
더 이상 운전도 못하고
책도 읽지 못한다고 하십니다
"귀만 조금 들려"
CD를 들고 조심조심 걸음을 놓습니다

한 편의 시가
저물어 갑니다

— 「밥 할아버지」 전문

　인간에게 '노쇠'란 무엇이며, 어떠한 과정을 보여주는가? 노년에 접어든 육체는 어떤 과정을 거치면서 쇠진해 가는 것인가? 위의 시에서 시인은 노년기에 접어든 한 인간의 생애는 마치 저물어 가는 한 편의 시 같다고 노래한다. 그는 그 시가 아름답다거나 좋다거나 형상화가 미흡하다든가 하는 가치 평가를 하지 않는다. 그는 다만 여기에서 인간의 육체가 시간이 흐르면서 쇠진해 가는 과정을 확연하게 드러내고 있다. 한 인간이 몸으로 어렵게 터득하면서 조금씩 써 내려간 한 편의 시는 다른 인간의 평가가 감히 끼어들 수 없을 만큼 신성한 작품이기 때문이다. '시인 할아버지'의 노쇠한 육체가 하나씩 제 기능을 잃어 가는 모습은 신비롭고 경이롭기까지 하다. 생명이 있는 존재가 점점 끝에 가까워지는 모습은 얼마나 큰 경이로움인가?

유희주 시인의 새 시집 『엄마의 연애』에서 시인의 시적 자아 는 세상에 대해 스스로 묻고 해답을 얻어가는 과정을 낱낱이 보 여준다. 그는 자신을 근원적인 결핍감을 지닌 존재, 일상에 갇 힌 존재로 인식하면서도 체험을 통해 터득한 관용의 정신으로 자신과 세상을 사랑할 수 있게 되었음을 섬세하게 노래한다.

趙海玉 | 문학평론가